# Marlene & Marco

Monogamie ist nichts für uns!

# Impressum

Bibliografische Information der Deutschen
Nationalbibliothek:
Die Deutsche Nationalbibliothek verzeichnet diese
Publikation in der Deutschen Nationalbibliografie;
detaillierte bibliografische Daten sind im Internet über
http://dnb.dnb.de abrufbar.

© 2021 Kim Becker

Herstellung und Verlag: BoD – Books on Demand,
Norderstedt

ISBN: 978-3-7543-5416-2

# Vorwort

Die Geschichte von Marlene und Marco ist mein erstes Werk, welches über einen Verlag veröffentlicht ist. Es stellt den Anfang einer Reihe von Sexgeschichten dar. Manche sind auf den einschlägigen Seiten für Sexgeschichten veröffentlicht und manche im Forum von JOYclub. Über den JOYclub kannst Du zudem Kontakt zu mir aufnehmen. Dort kannst Du mir Fragen stellen oder Dich einfach mit mir austauschen. Ein anderer Weg führt Dich über meine Webseite **www.sexypedia.kim** zu mir. Dort findest Du meine Mailadresse.

Zurück zu Marlene und Marco. Absichtlich habe ich diese Story so geschrieben, als würde es Corona, PCR-Tests, Schutzmasken und den ganzen Mist drumherum nicht geben. Das habe ich so entschieden, weil mir das leidige Thema Corona auf die Nerven geht. Ich bin geimpft und geboostert und das ist gut so. Aber in meinen Geschichten soll es um Spaß und Sex gehen. Daher bleibt die Pandemie draußen.

Neben der Pandemie habe ich auch das Thema Safer Sex nur an Stellen aufgegriffen, wo ich darauf einfach nicht verzichten konnte und es mit einem Halbsatz erledigt ist. Der Hintergrund für diese Entscheidung ist derselbe wie bei Corona. Mit einer Sexgeschichte kannst Du Dich nicht mit irgendetwas anstecken. Dafür musst Du schon daraus in die Welt gehen und unverantwortlich handeln. Nehmen wir aber einen Club als Beispiel. Dort kannst Du gar keinen Sex ohne Kondom haben, wenn Du nicht herausgeworfen werden willst. Jedenfalls kenne ich keinen Club, wo das anders ist.

Daher ist Safer Sex in der Realität ein absolutes MUSS. In meinen Geschichten dagegen bleibt das Thema jedoch eine Randerscheinung.

Zuletzt ist zu erwähnen, dass die Gedanken von Marlene mal aus der Erzähler-Perspektive dargestellt werden und mal aus der Ich-Perspektive. Die Ich-Perspektive erkennst Du an der kursiven Schrift.

Und jetzt viel Spaß beim Lesen!

Dein Kim Becker

# Marlene & Marco

Monogamie ist nichts für uns!

# Inhalt

Marlene sitzt mit ihren Freundinnen Carmen und Selina im Wohnzimmer. Sie quatschen über dies und das. Die Stimmung ist ausgelassen und die dritte Flasche Sekt wird entkorkt. Kein billiger Rotkäppchen-Sekt, sondern ein hübscher Champagner Dom Pérignon von 2008. Da kostet die Flasche gerne 165,00 €. Aber darüber denkt Marlene jetzt nicht nach. Das letzte Treffen der drei ist dafür zu lange her. Da ist das liebe Geld unwichtig und sie will einfach Spaß haben. Geld haben Marlene und ihr Ehemann Marco ohnehin genug

Während die Stunden ins Land ziehen, kommt es irgendwann, wie es kommen muss. Die alten Zeiten werden angesprochen und mit heute verglichen. Und tatsächlich greift eine von Ihnen die Floskel "Weißt Du noch damals…" auf. Im

Plural zwar, aber wer will hier spitzfindig sein.

"Wisst Ihr noch, als wir auf der Uni die Jungs reihenweise vernascht haben?", schwelgt Selina in Erinnerungen.
"Na klar.", ist Carmen etwas verwirrt. Aber sie verharrt der Dinge, die da kommen mögen. Weil das reihenweise vernaschen nur für Selina gilt. Es gilt nicht für Carmen, die während des Studiums noch mit ihrer Jugendliebe zusammen war. Ihm war sie ebenso treu, wie er ihr.
Und für Marlene gilt das schon dreimal nicht, dass sie während des Studiums wie wild von Bett zu Bett gehüpft wäre.

"Aber damals hatten wir auch noch keine Kinder.", spricht Selina weiter. Ihr Blick ist dabei jedoch nicht vergnügt, sondern irgendwie leer.

14

"Dein Julian und Du, Ihr beide habt keinen Rock und keine Hose stehen lassen. Ihr wart das wohl versauteste Paar auf dem Campus. Das hätte ich mich damals nicht getraut. Wahnsinn, dass ausgerechnet Eure Beziehung als Einzige aus der Studienzeit bis heute überdauert hat.", erinnert sich Marlene.

"Ausgerechnet?! Das klingt irgendwie komisch. Dass wir noch zusammen sind, liegt wohl mit an unserer sehr offenen Beziehung. Na ja, zumindest hatten wir die damals. Egal, ob Mann, Frau oder Divers, wie es heute so schön weltoffen heißt. Außerdem sind wir nächtelang um die Häuser gezogen. Feiernd und grölend, sind wir durch die Gassen. Heute sind wir froh, wenn was Gutes im Fernsehen läuft.", führt Selina weiter aus und seufzt.

"Oh je. Und der Sex mit anderen Paaren, Personen, was weiß ich. Der ist komplett

eingeschlafen und vom Tisch?", fragt
Carmen.

Selina nickt nur mit einem tiefen Seufzer.
Marlene und Carmen schauen daher
langsam skeptisch.

"Bist Du nicht glücklich in Deinem Leben?",
hakt Marlene nach.

"Doch schon. Aber die Fetzen fliegen mit
fast vierzig und zwei Kindern eben nicht
mehr so richtig. Das fehlt mir
zwischendurch einfach.", erklärt Selina.

"Dann sprich mit Jule. Ladet die Kids bei
uns ab und fahrt für ein langes
Wochenende nach Paris oder sonst wo
hin.", will Carmen ihrer Freundin helfen.

"Dann hast Du vier Kinder an der Backe!
Deine und Selinas! Ist das nicht etwas zu
viel des Guten?", gibt Marlene zu bedenken.

"Du hast ein schönes Leben, Marly. Marco
liest Dir jeden Wunsch von den Augen ab
und ihr beiden könnt machen, was ihr
wollt. Ohne Kinder, ohne

16

Verpflichtungen...", kann Carmen ihre Antwort nicht vollenden.

"Das ist schön…", unterbricht Selina träumerisch.

"Das stimmt. Da haben wir das große Los gezogen. Seit Marcos unverhoffter Erbschaft geht es uns blendend. Vorher stockte es doch ziemlich.", gibt Marlene in ihrer Wahrnehmung offen zu.

"Es stockte? Du warst selbstständige Apothekerin und Marco hat reihenweise Nobelkarossen verkauft. Ihr habt ganz sicher nicht an der Armutsgrenze gelebt.", runzelt Selina die Stirn und ihre eigenen Sorgen sind blitzartig wie weggewischt.

"Aber wir mussten dafür arbeiten!", stellt Marlene trotzig klar.

"Nein, ist es denn die Möglichkeit?", entgleist es Selina.

"Gott bewahre?!", steigt Carmen in Selinas Sarkasmus ein.

"Ihr seid doch doof!", schmunzelt Marlene und weiß genau, dass sie auf sehr großem Fuß und finanziell in einer ganz anderen Welt lebt als ihre Freundinnen. Denn allein die Zinsen vom angelegten Festgeld sind sechsstellig pro Jahr. Nach Steuer selbstredend. Dazu kommen noch Immobilienanlagen, Investmentfonds etc. "Was denn, Ihr fahrt andauernd irgendwo in den Urlaub. Leistet Euch teure Klamotten, einen schicken Wagen. Und das war vorher schon nicht anders, oder habe ich da etwa Unrecht?", fragt Selina eher rhetorisch.

"Nicht so einen Sozialneid, Selina.", wird Marlene bockig.

"Ich sage ja nichts. Ich sage nur: Das würde mir auch gefallen. Andererseits würde ich meine Kinder und Julian für nichts in der Welt eintauschen!", stellt Selina fest.

"Ich auch nicht! Ich liebe meine Familie. Und dass es manchmal stressig ist oder

18

drunter und drüber geht, gehört einfach dazu.", bestätigt Carmen.

"Kinder hätte ich auch gerne gehabt, das wisst ihr. Es klappt nur bei Marco und mir nicht. Ich kann eben einfach keine Kinder bekommen, Punkt! Da genieße ich stattdessen das Geld. Das ist doch mein gutes Recht.", rechtfertigt sich Marlene.

"Ja, Sorry!", kommt es im Chor zurück.

In diesem Augenblick hätte der Abend kippen können. Doch Marlene nimmt es den beiden nur kurz krumm und ist schon bald wieder locker. Trotz der Stille im Raum, empfindet niemand Unbehagen. Außerdem ist durch den plötzlichen Wechsel zu Marlene als Gesprächsmittelpunkt, Selinas Anflug einer Depression geblockt.

Carmen brennt aber jetzt ein anderes
Thema unter den Nägeln. Ein kleiner Satz,
der so große Fragen aufwirft.


"Was hast Du da eigentlich von Dir gegeben
vorhin?", fragt Carmen süffisant in
Marlenes Richtung.
"Was meinst Du?", entgegnet Marlene mit
einer Gegenfrage, ahnungslos worauf
Carmen hinaus will.
"Das hätte ich mich damals nicht getraut?!",
zitiert Carmen ihre Gastgeberin und
Marlene wird schlagartig feuerrot im
Gesicht. Sie fühlt sich ertappt.
"Ähm, hä?", versucht Marlene vergeblich
auf Zeit zu spielen.
Selina dagegen schaut verdutzt drein, weil
sie Carmens Idee noch nicht folgen kann.
"Ihr habt keinen Rock und keine Hose
stehen lassen und das hätte ich mich damals
nicht getraut. Das waren Deine Worte,

meine Süße! Sieht es da heute etwa anders aus?", fragt Carmen jetzt ungeniert und Selina schaut Mini-Salz-Brezeln knabbernd zwischen den beiden anderen Hin und Her. "Das war doch nur so ein Spruch. Ich habe auch heute noch nicht die Traute dazu. Wenn Marco von irgendeiner anderen Frau oder gar einem anderen Mann angetatscht werden würde, würde ich die Decke hochgehen und mich von ihm trennen!", versucht Marlene aufrichtig zu klingen. "Das könnte ich mir bei Dir auch nicht vorstellen, ganz ehrlich. Und Marco? Er ist ja mit seiner Gaming-Welt in dem Spielzimmer da hinten der totale Nerd. Bekommst Du ihn da überhaupt mal raus?", springt Selina ihrer Gastgeberin unverhofft zur Seite. Marlene nimmt diesen Ball natürlich sofort dankbar auf.

"Nur zum Duschen!", scherzt sie und meidet Carmens Blick absichtlich, weil sie ihr nicht in die Augen schauen will.

Carmen konnte schon auf der Uni eine Lüge sofort entlarven, was ihr in ihrem Beruf als Staatsanwältin sehr weiterhilft. Bei der Kindererziehung schadet diese Fähigkeit zudem auch nicht gerade. Daher bemerkt Carmen im Gegensatz zur etwas einfältigen Selina die Lüge, lässt es aber gut sein und lacht mit den anderen. Schließlich ist sie als Gast und Freundin hier, nicht zum Verhör. Ein Schmunzeln kann sie zwar nicht unterbinden, was wiederum Marlene nicht entgeht. Allerdings ist diese schlau genug, darauf nicht einzugehen.

Stattdessen ergreift Selina das Wort und berichtet von den Erfolgen ihrer Kinder in der Schule sowie dem beruflichen Erfolg ihres Mannes Julian. Eigene Erfolgserlebnisse erwähnt sie nicht. Das fällt natürlich auf, wird aber von Carmen und Marlene übergangen.

"Wollen wir los?", fragt Marlene unvermittelt in einer Phase des Schweigens.

"Wohin?", schauen die anderen verdutzt drein.

"Weiß nicht, in eine Bar oder so. Testen, ob unsere Milf-Möpse noch kostenlose Drinks servieren.", antwortet Marlene lachend und wiegt ihre Brüste spielerisch.

"Unsere was?", fragt Selina.

"Milf!", antwortet Carmen.

"MILF?", fragt Selina erneut.

"Herrgott, Selina, lebst Du im Keller? Mum, i'd like to fuck!", macht Marlene sich über ihre Freundin lustig.

"Na Du, mit Deinem Uma Thurman-Pulp Fiction-Look ganz bestimmt, Marly! Sogar den knallroten Lippenstift trägst Du.", gibt Carmen zum Besten.

Da kann Selina nur zustimmend nicken.

Verstecken muss Selina sich hinter Marlene jedoch keinesfalls. Ihre leicht karamellfarbene Haut und die dichte

Lockenmähne mit den dicken D-Körbchen, findet jede Menge Fans, auch jüngere. Der kleine Bauchansatz stört im Gesamtbild nicht. Ihr fülliger Hintern sorgt ebenfalls dafür, dass viele Männer sich zu ihr umdrehen. Allerdings hat Selina dafür augenblicklich kein Auge. Sie nimmt es einfach nicht wahr, wie attraktiv sie für die Männer ist.

Die Partymaus von der Uni ist inzwischen die Vollzeit-Mutti aus der Vorstadt. Der Typ Jeans und Pulli. Mit einem aufkommenden Hang zur Nostalgie, der womöglich irgendwann tatsächlich in einer Depression endet. Zumindest dann, wenn nicht langsam mal in ihrem eigenen Leben wieder etwas mehr Action reinkommt.

Auch Carmen weiß optisch zu gefallen. Brünette Locken bis zu den Schultern. Stahlblaue, durchdringende Augen. Viele kleine süße Sommersprossen auf den Schultern und im Dekolleté. Schmale Hüften und bei 1,68 Körpergröße vielleicht fünfundsechzig Kilo auf der Waage. Ihre flache Brust ist sehr reizvoll und die kräftigen Bauchmuskeln lassen sich durch das eng sitzende Kleid mit dem sommerlich floralen Muster erahnen.

Dennoch gibt es ein unüberwindliches Hindernis. Carmen und Selina sind an ihren Alltag gebunden! Julian wird die beiden gegen 23:00 Uhr abholen und nach Hause fahren. Denn leider ist es keineswegs Wochenende. Für Marlene zwar schon, weil für sie jeder Tag irgendwie Wochenende ist. Aber eben nicht für Carmen und Selina. Mit ihren schulpflichtigen Kids schon gar nicht. Die Verpflichtungen des alltäglichen Familienlebens und ihrer Jobs lassen eine Revival-Kneipentour nicht zu. Jedenfalls keine spontane Tour an einem Dienstagabend.

Als sich die drei verabschieden, werden die üblichen Versprechungen gemacht.
Sätze wie: Wir müssen uns öfter sehen. Das werden wir, ich ruf dich an etc. fallen.

### Erinnerungen und Wandel

Als die Tür ins Schloss fällt, kommt Marco ins Wohnzimmer. Er hatte sich zum Zocken an der Konsole ins Spielzimmer zurückgezogen, um die Frauenrunde nicht zu stören.

"Hattet Ihr Spaß?", fragt er.
"Es war ganz nett, ja. Ich habe aber irgendwie Hummeln im Hintern und werde wohl noch ausgehen. Vielleicht finde ich ja noch jemand Nettes zum Vögeln. Und Du?", entgegnet Marlene ihrem Mann.

"Ich habe lange nicht mehr gewuppt. Ich werde auch noch ein oder zwei Stunden zocken. Ich will nur schnell was essen.", antwortet Marco und verschwindet Richtung Küche.

Marlene räumt währenddessen das Wohnzimmer auf. Als das erledigt ist, ist sie nicht schlüssig, was sie tun soll.

*Es ist erst 23:14 Uhr.*
*An einem...einem Dienstag?*
*Das hatten die Mädels doch gesagt, oder?*
*Oder ist heute schon Mittwoch?*
*Wenn juckt's.*
*Ich bin ordentlich beschwipst und will saufen.*
*Und ich will vögeln!*

Marlene geht in die Küche zu ihrem Mann. Während Marco sich ein Sandwich macht, beobachtet sie ihn. Doch so richtig Lust auf ihn hat sie gerade nicht. Sie liebt Marco und der Sex mit ihm ist toll. Aber ihn könnte sie jederzeit haben. Na ja, das hat sie. Marco und Marlene vögeln mehrmals täglich. Sie sind im Grunde wie zwei frisch verliebte Teenager, die ihre Sexualität gerade erst entdecken. Nur ist es die Abwechslung, die beide zwischendurch brauchen. Hie und da müssen einfach andere Menschen mitmachen beim Liebesspiel. Monogamie ist nichts für uns, betont das Ehepaar immer wieder.

Paradox, weil Marlene während des Studiums längst nicht so war, wie sie es jetzt mit Marco ist. Sie hat Selina und Julian damals für ihr frivoles und freizügiges Sexualleben sogar innerlich verurteilt. Auch, wenn sie nie etwas gesagt und sich immer tolerant gegeben hat.

Damals war Monogamie für Marlene unabdingbar für eine funktionierende Beziehung. Sie hätte mit einem Mann sofort Schluss gemacht, wenn er sie gefragt hätte, ob sie swingen wollen. Und Sex mit mehr als einem Mann oder gar mit einer anderen Frau? No way!

Doch das hat sich mit Marco komplett gewandelt. Wer ihre Ansichten von damals kannte und Marlene heute wiedersehen würde, würde sie nicht wiedererkennen.

"Schatzi, das ist nur Sex, der auch noch mit Kondom stattfindet. Da passiert Dir nichts. Du fängst am nächsten Tag nicht an zu schimmeln und vom Blitz wirst Du auch nicht getroffen.", veräppelte er sie.

Seine damaligen Kumpels verstanden nicht, was er von dieser "verklemmten Schnecke" wollte. Doch Marco erkannte ihr Potenzial. Marlene war zwar beim Sex zunächst tatsächlich so verklemmt, wie seine Kumpels es vermutet hatten. Anfangs lag sie reglos da. Die Augen zu und still hoffend, dass es bald vorbei sein möge. Aber das gab sich mit der Zeit. Mit ihm entdeckte sie ihre eigenen Bedürfnisse und Wünsche, von denen sie nicht mal wusste, dass sie überhaupt vorhanden sein könnten.

Marco war und ist mit sich und der Welt völlig im Reinen. Er ist der Ruhepol in Marlenes Leben. Der Fels, an dem sie sich anlehnen kann. Dies veranlasste Marlene aus sich herauszukommen und die Welt mit ganz anderen Augen zu sehen. Endlich traute sie sich Dinge, die sie sich nie zu wagen geglaubt hätte. Das beste Beispiel dafür ist ihr aktueller Look.

Marlene liebt es zu tanzen und sie liebt
Filme. Vorwiegend solche, in denen getanzt
wird. Footloose mit Kevin Bacon, der bis
heute frustriert sein soll, weil er die
Tanzszenen nicht selbst drehen durfte.
Oder Grease mit John Travolta aus dem
Jahre 1978. Selbstverständlich hat sie sich da
auch Pulp Fiction mit ihm gesehen. Die
Tanzszene mit Uma Thurman hatte es ihr
besonders angetan. Das Outfit, der
Lippenstift, diese lasziven Bewegungen.
Marlene wollte Mia Wallace sein. Aber da
stand sie sich lange Zeit selbst im Weg. Bis
Marco in ihr Leben trat, hätte sie sich
niemals getraut, sich so zu stylen.
Heute sagt sie selbst: Es ist nur Sex!
Und diese Aussage beschränkt sich eben
nicht nur auf den körperlichen Sexualakt.
Vielmehr ist diese Aussage ein Lebensstil
geworden, was sich aktuell in dem Mia
Wallace-Look ausdrückt.

Reduziert man die Aussage jedoch auf die Sexualität, gilt das Folgende:

Ängste und Sehnsüchte werden mit anderen nicht geteilt. Ein bisschen Sex, ein bisschen Spaß und Tschüss. Natürlich haben sich mittlerweile auch längerfristige Bekanntschaften und sogar Freundschaften entwickelt. So wie mit dem eloquenten Arzt Charles. Aber am Ende will Marlene mit Marco zusammen sein und Marco mit Marlene. Punkt aus und da kommt auch, emotional betrachtet, niemand dazwischen!

## Wer hat Zeit für mich?

Marlene zückt ihr Smartphone und geht die Kontakte durch. Sie findet den erwähnten Charles. Er ist ein französischer Baum von einem Mann mit nigerianischen Wurzeln. Um die zwei Meter groß und muskelbepackt. Seine Genitalien rasiert und enorm fleischig. Der Hodensack ist pechschwarz, fast ledrig. Dazu ein Penis, der ein Pferd neidisch machen könnte.

Soll sie ihn antexten?

Marlene zögert.

Charles ist eine echte Herausforderung. Zum Blasen ist sein bestes Stück perfekt. Aber dieses Ding im Hintern oder der Scheide stecken zu haben?! Hui, jedes Mal kommt sie sich danach gepfählt vor. Aber diese geile Mischung aus Schmerz und Befriedigung. Von Charles wie eine willenlose und hörige Sexpuppe benutzt zu werden?! Hmmm…

Wer kommt noch infrage, Marvin und Markus?

Die beiden stattlichen Bi-Jungs aus der Studenten-WG sind ziemlich geil. Gut bestückt und durchtrainiert. Na ja, Markus jedenfalls. Marvin ist eher der Nerd ohne

Muskeln. Allerdings haben die Jungs mit Anfang zwanzig echt viel Energie.

*Ob ich mir das heute Abend noch geben muss? Die beiden waren schließlich erst letztes Wochenende da.*
*Okay, Marco und Markus und ich haben den guten Marvin da echt geil feminisiert. Mit Perücke, Lippenstift und Strapsen.*
*Und dieses kleine Luder hat echt gestöhnt wie ein süßes Teengirl beim ersten Mal.*

Sie scrollt weiter.

Agnes vielleicht?

Eine schöne leckere Nacht mit ihr könnte mich schon reizen, denkt Marlene und überlegt einen Moment.

Agnes ist groß, bestimmt 1,78 m. Dazu hat sie einen kräftigen Körper und breite Schultern. Nicht ganz schlank, aber auch nicht zu viel. Marlene mag ihre riesigen

Brüste, den festen Bauchspeck und das runde Gesicht. Hmmm…

**Hallo mein Schatz!**

Marco geht erneut an ihr vorbei Richtung Küche. Das eine Sandwich reicht wohl nicht, denkt Marlene. Als sie ihm hinterher sieht, gefällt ihr sein kleiner Knackpo plötzlich doch. Agnes und Co. sind wie von Zauberhand vom Tisch.

Mann ist Mann und ich will einen Mann. Jetzt und nicht in einer halben Stunde oder wie lange auch immer jemand braucht, um herzukommen.

Ihr Entschluss steht daher fest. Als er mit dem Essen seines zweiten Sandwiches fertig ist, gibt sie ihm eine unanständige Anweisung.

"Befriedige mich!", sagt sie knapp.

"Was, ich dachte, Du wolltest ausgehen?",
schaut der am Küchentisch sitzende Marco
verdutzt zu seiner Frau auf, die jetzt neben
ihm steht.

"Stell keine Fragen. Komm mit und leck
mich aus. Spielen kannst Du danach!",
duldet Marlene keine Widerrede.

"Okay, aber...na gut...", ergibt sich Marco.

Marco hat nicht wirklich Lust. Aber er sieht
seiner Frau an, wie erregt sie ist. Und
offenbar hat von den gemeinsamen
Vögelfreunden niemand Zeit oder Lust.
Also tut er ihr den Gefallen und spielt mit.

Auf dem Weg ins Schlafzimmer "verliert"
Marlene tanzend ein Kleidungsstück nach
dem anderen. Am Zielort angekommen, ist
sie nackt. Doch sie hat nicht vor, mit Marco
als Vincent Vega aus Pulp Fiction zu
tanzen. Ihr einziges Interesse besteht an

seiner Zunge in ihrer Spalte. Und darin, sie zum Höhepunkt zu lecken, ist ihr Mann ein Meister. Selbst wenn er, wie heute Abend, nicht in der Stimmung ist. Als sie sich auf das Bett setzt, kniet er vor ihr.

"Leck mich, jetzt!", befiehlt Marlene und Marco gehorcht. Er versinkt in ihrem schweißnassen und vor Geilheit triefenden Schambereich. Marlene stöhnt lustvoll und genießt seine Zunge an ihrer Klitoris. Mal sanft, mal fordernd, dringen auch seine Finger in sie ein. Beflügelt vom Alkohol braucht Marlene nicht lange und erreicht den Gipfel. Zufrieden bleibt sie auf dem Rücken liegen und lächelt vergnügt. Marco sieht, dass alles richtig ist und verdrückt sich still ins Spielzimmer.

Das war ein guter Anfang. Aber jetzt will ich mehr, sind ihre letzten Gedanken, bevor sie einschläft…

## Ein verwirrender Traum

In ihrem Traum steht Marlene auf und ist in ihrem Uma Thurman-Pulp Fiction-Look perfekt gestylt.

Marco spielt für sie jetzt keine Rolle. Stattdessen verlässt Marlene das Haus, setzt sich in den Porsche und steuert die kleine örtliche Diskothek an. Mit dem Wagen und ihrer Optik zieht sie die Blicke auf sich. Als sie aussteigt, ist sie der Mittelpunkt. Rundherum auf dem Parkplatz stupsen junge Mädels von vielleicht achtzehn oder zwanzig Jahren ihren gierig gaffenden Freunden in die Seite. Ein Mädchen macht ihren Freund sogar in aller Öffentlichkeit zur Schnecke, weil ihm bei Marlenes Anblick fast die Augen raus quellen.

Eine andere junge Frau schaut sie mit finsteren Augen an. Eine mit schlanker Figur. Groß, schwarze lange Haare, schöne C-Körbchen und irgendwie wohl die gerade gestürzte Queen der Nacht, schätzt Marlene. Wenn Blicke töten könnten, lacht sie in sich hinein.

Bewunderung, Geilheit, Eifersucht: In jedem Gesicht steht etwas anderes geschrieben. Und Marlene genießt es in vollen Zügen. Sie lächelt kokett, schreitet langsam und majestätisch über den Parkplatz. Sie flirtet mit ihren Augen, den knallroten Lippen, dem aufreizend schwungvollen Gang. Der neue Star der Manege. Als sie sich dem Eingang nähert, nickt sie den Türstehern verführerisch zu. Ein langer Handkuss und sie ist im Innenraum der Diskothek verschwunden.

Es ist voll und heiß. Laute Musik dröhnt aus den Boxen. Marlene schwebt auf die Tanzfläche und der Raum gehört ihr. Stundenlang lässt sie die Hüften kreisen und immer wieder tanzt sie ein Jüngling an. Doch genauso oft entzieht sie sich nach wenigen Sekunden den Annäherungsversuchen. Jeder soll sie anschmachten, aber nicht länger berühren dürfen als sie es erlaubt!

## Kontrollverlust

Marlene schwitzt sehr stark. Durch die weiße Bluse, die ihr mittlerweile auf der Haut klebt, ist der schwarze Spitzen-BH deutlich zu erkennen. Ihre Haut glänzt im schwachen Licht. Marlene tanzt sich in Trance und bemerkt die Gruppe junger, stattlicher Männer nicht, die sie jetzt einkreist.

Diskret wird sie weiter und weiter in eine Ecke dirigiert. Tanzend und lachend,

40

versehentlich oder nicht, wird sie angetatscht. Ein Griff an die Brust hier, ein Klaps auf den Hintern dort. Marlene ist die Super-Milf und jeder Mann will sie. Jede Frau will sein wie sie. Sie entscheidet, sie hat die Macht über alle, sie…

Marlene weiß nicht wie, doch plötzlich tanzt sie nicht mehr. Sie wird auf die Knie dirigiert und ein Penis wird Ihr herb duftend vor die Nase gehalten. Schweißnass, dringt dieses mächtige Stück Fleisch in ihre Mundhöhle ein. Reflexartig beginnt sie zu saugen, zu schlecken, zu lecken und zu sabbern. Sofort nähern sich die umstehenden jungen Männer und schließen einen undurchsichtigen Kreis um Marlene. Lichtfragmente dringen zu ihr vor. Ein Penis, noch einer und überall junge Männer, die mit halb heruntergelassenen Hosen ihren steifen Schwanz in der Hand haben. In ihrem Trancezustand spürt Marlene unendliche Lust. Nackte Haut, Verwirrung, Testosteron. Für Vernunft bleibt keine Zeit. Marlene will sie alle haben. Es zählt jetzt einzig, dass ein junger Mann mit seinem schwitzenden, knüppelharten Gemächt fordernd in sie eindringt.

Schon kurz darauf, hat sie auch alle Hände voll zu tun. Ungeschickt, aber mit Nachdruck bekommt sie rechts und links einen Penis in die Hand.

## Ein spontaner Gang Bang

Marlene kann ihre Umwelt nur noch schemenhaft wahrnehmen. Sie liegt jetzt rücklings auf einem Rundtisch. Wie sie dorthin gekommen ist, weiß sie nicht. Doch ihre Bluse ist aufgerissen und der BH liegt frei. Männer, überall junge Bullen, Hände, die sie begrapschen. Ihr Rock ist längst hochgezogen, der String im Getümmel auf und davon. Der erste Penis dringt mühelos in sie ein. Als dieser sich nur Sekunden später aus ihr zurückzieht und seine Ladung Sperma über ihren Bauch spritzt, verschwindet schon der nächste Jungbulle zwischen ihre tropfnassen Schamlippen. Um Marlene herum riecht es nach Testosteron. Jeder will sie und jeder wird sie bekommen. Wer sich nicht zwischen ihre Beine drängen kann, wird mit Hand, Lippen und Zunge bedient. Schmatzend und saugend, lutscht Marlene rechts und links abwechselnd die ihr dargebotenen Pimmel.

*War ich deswegen losgefahren?*
*Wollte ich von einer Herde junger Stiere durchgenommen werden?*
*Oh Gott, ich bin die geilste Hu.. der Stadt!*

Ein wahnsinniger Orgasmus beendet ihre Gedanken. Doch Zeit zum Durchatmen bleibt keine. In ihren Löchern herrscht reger Verkehr. Alle jungen Männer, die mitbekommen, was in der Ecke passiert, reißen sich regelrecht von ihren Freundinnen los und drängen in die Traube. Marlenes Löcher haben eine nahezu magische Anziehungskraft.

Die erste Ladung Sperma lässt auch in ihrer Mundhöhle nicht lange auf sich warten und Marlene schluckt gierig alles herunter. In jede Minute kommt irgendwer. In ihrer Scheide, auf ihrem Bauch, in ihrem Mund. Marlene ist von oben bis unten besudelt. Ihre Haare kleben mit einer Mischung aus Schweiß und Sperma aneinander. Von Uma Thurman aus Pulp Fiction ist nichts mehr übrig. Auch ist die majestätische Königin der Nacht Geschichte. Hier liegt nur noch Marlene. Ein versautes und dreckiges Miststück, das jeder für seine Befriedigung

benutzen kann, wie es ihm beliebt. Nur, um
sie dann unbeachtet zurückzulassen und
ein Bier zu trinken oder wieder mit der
eigenen Freundin zu tanzen.

*Ihr notgeilen Böcke, ihr verdammten H...söhne,
ihr könnt mich alle. Nehmt mich, nehmt mich
hart. Nehmt mich richtig durch...nehmt mich
alle...ich will jeden von Euch... ALLE,
jahhhhhh...*

Hemmungslos gibt Marlene sich hin und
stöhnt so laut wie noch nie in ihrem Leben.
Doch die Musik übertönt alles. Die Traube
um Marlene gibt immer mal einen kurzen
Blick auf die Tanzfläche preis und
verdichtet sich sofort wieder. Sie sieht
weiterhin nur onanierende Männer. So
mancher schafft es nicht zu warten, bis sie
ihn bearbeiten kann und spritzt einfach in
die Menschenmasse.

Regelmäßig wird sie gedreht. Denn so mancher junge Mann will sie von hinten haben. Dabei wird auch ihr Darm nicht verschont und nach dem dritten Penis in ihrem Rektum ist sie genug gedehnt, sodass es sich großartig anfühlt und nicht mehr weh tut.

## Zurück in der Realität

Marlene wälzt sich im Bett hin und her, bis sie schließlich schweißgebadet aufwacht. Alles ist nass. Hat sie sich etwa eingepinkelt?

Gott sei Dank, nein! Aber sie ist völlig verwirrt, zittert am ganzen Körper. Wie spät ist es? 03:00 Uhr nachts. Okay, weiter orientieren.

Wo ist Marco? Neben ihr liegt er nicht. Der zockt wahrscheinlich noch. Oder doch nicht? Ich habe Durst, sammelt sie so langsam ihre Gedanken. Und ich muss dringend zur Toilette.

Marlene steht auf und entledigt sich der schweißnassen Klamotten. Nackt stellt sich vor den Spiegelschrank und zuppelt ihre zerzausten Haare zurecht. Anschließend ist ihr Ziel das Badezimmer. Auf dem Weg dorthin linst sie durch den Spalt der offenen Tür des Spielzimmers. Wie sie gedacht hatte, sitzt Marco immer noch da und zockt. Gut, er hat nichts mitbekommen, ist sie irgendwie erleichtert. Auch, wenn es für ein schlechtes Gewissen keinen Grund gibt.

Auf dem Klo sitzend, schlägt sie die Hände vors Gesicht und dankt Gott dafür, dass alles nur ein Traum war:
"Ich bin gar nicht weg gewesen. Ich war nicht die Königin der Nacht. Die

Herrscherin der Tanzfläche, die Hure für Jedermann. Gott bewahre, das wäre furchtbar gewesen...ja...furchtbar, wäre das...aber absolut...".

Marlene spült und fasst sich zwischen die Beine. Ein warmes Gefühl wandert ihren Körper von den Füßen herauf bis zu ihrem Kopf. Sie reibt ihren Kitzler. Erst sanft, dann etwas stärker und am Ende immer heftiger…

*Und wie furchtbar wäre es gewesen, begehrt von jedem Mann im Raum. Schlimm, einfach nur schlimm wäre das gewesen…oh ja, fast widerwärtig.*

Sie entgleitet in andere Sphären. Marlene beißt sich auf die Lippen, presst die Beine zusammen und zerquetscht ihre rechte

Brustwarze, bis sie kein Gefühl mehr darin hat.

*Mein Gott, ich hätte mich nirgendwo mehr blicken lassen können in dieser Stadt... jaaaahhhh...jeder junge Kerl, der mich erkannt hätte, hätte mich öffentlich auslachen können: Seht, da ist die Disco-Queen. Die, die jeder gevögelt hat... Oh Gott ja, ich hätte umziehen müssen wegen dieser peinlichen Angelegenheit...*

Marlene atmet immer heftiger, der sich ankündigende Orgasmus raubt ihr jetzt schon fast die Sinne.

*Was hätten die Leute über mich gelacht, wenn... jaaaahhhh...fast vierzig und lässt sich in einer Disco von jedem Jüngling besteigen, der nur halb so alt ist, wie sie...*

Oder wären die Leute ihr etwa böse? Hehe, denkt Marlene und gefällt sich in der Rolle der Männer fressenden Bitch.

Dieses Flittchen, was bildet die sich ein? Das hätten die Leute bestimmt von ihr gedacht, glaubt Marlene und taucht tiefer in ihre Gedanken ein. Weiter und weiter treibt sie sich mit einer absurden Fantasie dem Himmel entgegen.

*Wenn ich jetzt noch die Ü30-Party nächste Woche in der Stadthalle besuche und mich dort den Männern hingebe. Oh Gott ja, dann hätten mich bestimmt fünf Prozent der Männer dieser Stadt gehabt. Aber das reicht mir nicht!*
*Ich will sie, ich will mehr...ich will zehn Prozent, zwanzig, dreißig. Ich will sie ALLE!!!*
*Die Frauen sollen mich verfluchen, mich dafür hassen, mich dafür bestrafen...Goooott ja...lasst*

*mich dafür büßen, kettet mich in der Stadtmitte*
*auf dem Marktplatz fest und jaaaaaahhhh…*

In diesem Augenblick explodiert Marlene
und ihr Körper erbebt. Sie zuckt, als hätte
sie einen heftigen Anfall und schreit ihren
Orgasmus wild kreischend heraus.

## Im Spielzimmer

Als Marlene sich wieder fängt, ist sie
komplett fertig. Körperlich wie geistig ist
sie völlig leer. Ihr aufkommender Durst
führt sie in die Küche, wo sie vor dem
Kühlschrank steht und die Tür öffnet. Die
entweichende Kälte fühlt sich großartig an
auf der Haut. Marlenes Brust hebt und
senkt sich schwer. Ihre Haut glänzt im
Licht. Was darf es sein? Eine Flasche
Orangensaft, eine Fassbrause und eine
Flasche Mineralwasser stehen zur Auswahl.
Es wird letzteres und eine Minute später ist

sie leer. Ein kräftiger Rülpser und die Welt ist wieder in Ordnung.


Marlene ist hundemüde. Dennoch geht sie schnurstracks in Richtung Spielzimmer und öffnet die Tür.

Marco bemerkt seine Frau nicht mal. Er ist mitten im Spiel und vollkommen darauf konzentriert. Doch Marlene interessiert das nicht. Sie geht um die Couch herum und kniet sich vor ihm hin.

"Hol Deinen Schwanz raus!", befiehlt sie knapp.

Marco steht auch mitten in der Nacht nicht der Sinn nach Sex. Aber Marlene kann er auch diesen Wunsch einfach nicht abschlagen. Also öffnet er seine Hose und Marlene greift schnell nach seinem besten Stück. Herb strömt ihr der Duft von Schweiß in die Nase. Genau das, was sie jetzt braucht. Und Marcos Pimmel ist so

schön fleischig. Dick und zwanzig cm lang.
Dazu penibel blank rasiert. Hoden so groß
wie Walnüsse, seine Eichel breit und die
Harnöffnung riesig. Dicke Adern laufen
längs und quer den ganzen Schaft entlang.
Marcos Penis fasziniert Marlene immer
wieder aufs Neue. Auch nach so vielen
gemeinsamen Jahren.
Flugs nestelt sie ihn samt Eiern aus der
Hose, zieht die Vorhaut zurück und küsst
die Eichel. Marco könnte wahrlich eine
Dusche vertragen, denkt Marlene. Aber das
ist ihr in diesem Augenblick herzlich egal.


Marco grummelt etwas Unverständliches
daher. Nach wenigen Sekunden lehnt er
sich aber zurück und genießt es einfach.


Marlene saugt, stöhnt, lutscht und sabbert.
Sie beachtet ihren Mann aber nicht, sieht
nicht zu ihm hoch. Er ist reduziert auf

seinen Penis und die Hoden. Mehr braucht sie gerade nicht von ihm. In einer Hand hält er immer noch den Controller. Als er ihn weglegt, um nach Marlenes Kopf zu greifen, stößt sie seine Hand weg. Stattdessen saugt sie den Pimmel bis zum Anschlag ein und deepthroatet sich selbst. Marco stöhnt auf. Er wird lauter und lauter. Seine Eichel steckt tief im Rachen seiner Frau. Sie saugt so stark, dass es sich wie im Vakuum anfühlt. Nur Sekunden später kommt er mit großem Geschrei. Seine Hoden produzieren eine gewaltige Menge Sperma, doch Marlene lässt ihn nicht los. Sie schluckt seine komplette Ladung herunter. Als nur noch Tropfen kommen, küsst sie sie weg und steht genauso unvermittelt auf, wie sie das Zimmer betreten hat. Marco wäre zwar jetzt doch in Stimmung für mehr, aber daraus wird nichts. Kurz den Mund abgewischt und ab geht's für Marlene ins Badezimmer.

Marco bleibt zurück. Er mufft einen
Augenblick. Nur worüber soll er sich
beschweren? Seine Frau ist morgen auch
noch da. Und er muss nur die Mission in
seinem Spiel wiederholen. Das ist es absolut
wert gewesen!

Im Bad putzt Marlene sich noch schnell die
Zähne und geht duschen. Als sie wieder im
Schlafzimmer ist, bezieht sie kurz das Bett
neu, schaltet das Licht aus und schläft nackt
ein.

### Guten Morgen

Am nächsten Morgen ist Marlene erst gegen
10:00 Uhr wach. Marco liegt nackt neben ihr
und sein Hintern liegt frei. Genüsslich
betrachtet sie ihn eine Weile. Dann macht
sie ihn wach.

"Steh auf!", rüttelt sie an ihm.

Nach dem dritten Mal reagiert er endlich.

"Ich habe Hunger. Lass uns frühstücken.",
sagt sie knatschig.


Marco ist ganz verschlafen. Er hat noch bis
um fünf in der Früh gespielt. Dennoch
trottet er für eine Katzenwäsche ins
Badezimmer und macht sich frisch.
Anschließend fliegt er schnell beim Bäcker
um die Ecke ein, während Marlene in der
Küche den Tisch deckt und Kaffee kocht.
Kurze Zeit später sitzen sie gemütlich am
Küchentisch und plaudern miteinander.
Am Ende fällt ein Satz mit Signalwirkung.


"Iss ruhig ein Brötchen mehr, mein Schatz.
Du wirst die zusätzliche Energie gleich
brauchen!", grinst Marlene und schaut
Marco verführerisch in die smaragdgrünen

Augen. Er schaltet sofort und lächelt
zurück.

Marlene erhebt sich elegant. Sie schwebt in
Richtung Badezimmer davon, während
Marco noch schnell zu Ende frühstückt. Er
ist ganz aufgeregt. Grinsend wie ein
Honigkuchenpferd sieht er seiner Frau
hinterher.

Nachdem Marco alles abgeräumt und in die
Spülmaschine verfrachtet hat, eilt er ins
Schlafzimmer.

Marlene hat sich nach dem Badezimmer-
Aufenthalt wieder ins Bett gelegt. Sie
streckt einen Fuß im Liegen unter der
Bettdecke heraus. Sie zeigt mit dem Finger
darauf.

"Leck daran!", sagt sie knapp und Marco
gehorcht willig.

Völlig entspannt geht er in die Knie und
wiegt Marlenes Füße sanft in seinen starken
Händen. Er nähert sich Marlenes rechtem
Fuß mit dem Gesicht. Ganz langsam reibt er
seine Wange an ihrer Sohle. Seine
Bartstoppeln sind noch sehr kurz an diesem
Morgen. Dennoch kitzeln sie Marlene und
sie kichert vergnügt. Sie mag dieses Gefühl.
Das Ehepaar ist in völligem Einklang. Mal
streichelt Marlene ihren Mann mit ihrer
Sohle und er küsst sie sanft. Und mal leckt
Marco die Fußsohlen seiner Frau vom
Ballen bis unter die Zehen. Ein lieblicher
Duft aus Schweiß und Östrogen steigt ihm
in die Nase.
Die zweiwöchentliche Pediküre macht sich
bezahlt. Nicht eine einzige harte Stelle ist zu
spüren. Nirgendwo auch nur der kleinste,

vergessene Fetzen Hornhaut. Marlenes Haut ist glänzend und weich. Der Anblick dieser perfekten Haut wäre erstklassiges Material für die Liebesszene in einem Hollywood-Film. Dann, wenn die Kamera die Makellosigkeit der Frau zeigt und ein Körpermodell anstelle der tatsächlichen Schauspielerin dafür herhalten muss.

Marco lutscht an Marlenes Zehen. Jede einzelne nimmt er in seinen Mund und verwöhnt sie mit der Zunge. Dabei massiert er mit den freien Händen die Sohle. Er fährt daran auf und ab. Sanfter Druck, regt die Blutzirkulation an. Marlene räkelt sich zufrieden stöhnend.

Die Bettdecke ist längst heruntergefallen und liegt auf dem Schlafzimmerboden. Marlene hat sie in ihrer Erregung zur Seite gestrampelt. Marco hat freie Sicht auf ihre

Scheide. Ihre Schamlippen glänzen vor Feuchtigkeit und laden dazu ein sie zu verwöhnen. Marco versucht sich deshalb an Marlenes Füßen die Schienbeine herauf zu küssen. Doch das wird nichts.

"Bleib bei meinen Füßen!", sagt sie und ihre linke Hand findet den Weg ins gelobte Land. Marlene masturbiert, während Marco ihre Füße leckt.

Sie stöhnt lustvoll und genießt die Situation. Nach wenigen Minuten ist sie schon so weit. Ein klitoraler Orgasmus raubt ihr die Sinne und sie stößt Marco grob zur Seite. Während ihre Scheide zuckt, will sie gerade nicht berührt werden.

Als alles vorbei ist, quietscht Marlene vergnügt und räkelt sich im Bett. Marco legt sich zu ihr. Sie kuscheln miteinander, bevor sie noch einmal aktiv werden. Diesmal bringen sie sich gegenseitig in 69er-Stellung zum Höhepunkt.

## Wer hat Zeit und Lust?

Der Tag plätschert so dahin. Marco hat sich erneut zum Spielen zurückgezogen. Dass er im Haus ist, kann Marlene einzig durch seine Boxenstopps in der Küche und im Badezimmer wahrnehmen. Sie selbst ist aber auch nicht besser. Denn sie klebt ihrerseits an der Couch im Wohnzimmer fest. Sie suchtet ihre aktuelle Lieblingssendung auf Netflix durch und stöbert nebenher durch den JOYclub (mehr auf www.sexypedia.kim), einer Online-Dating-Plattform für BDSM-Interessierte und Normalos.

Als aktive Frau hat sie natürlich eine ganze Reihe Clubmails. Von unbekannten Männern, die nur Copy & Paste-Nachrichten versenden und keine einzige

Zeile des Profiltextes der Frau lesen, sowieso. Aber auch von Vögelfreunden. Da ist eine Nachricht von Maik.

"Hey Marly, wie geht es Dir und Marco? Wir haben schon länger nichts mehr miteinander unternommen. Habt Ihr Lust uns am Freitag zu besuchen und in den Club zu gehen? Ein wenig quatschen, ein wenig vögeln. Schlafen könnt Ihr natürlich gerne bei uns.

Liebe Grüße

Maik & Helene"

Marlene mag die beiden von ganzem Herzen. Maik und Helene sind ein Ehepaar aus dem süddeutschen Raum und ganz tolle Menschen. Beide haben nicht nur ordentlich was in der Hose respektive der

Bluse. Nein, Maik und Helene sind auch mit Gehirn und Eloquenz ausgestattet. Marlene fragt Marco daher per WhatsApp, ob er Interesse hat und sie geht ihre Clubmails weiter durch.

René hat ebenfalls geschrieben:

"Hallihallo Marly & Marco, schöne Grüße aus dem verregneten Norden. Meine liebe Heike und ich sind sehr geil auf Euch. Habt Ihr Bock auf Schweinereien zu viert? Wir würden Euch am Sonntag gerne besuchen kommen.

Bis denni
René und Heike"

Vögeln am Freitag mit Maik und Helene im Süden. Dazu am Sonntag mit René und Heike Zuhause? Und wie Marlene das

gefallen würde. Auch, wenn das eine
Menge Energie kostet!

Heike ist eine zierliche Frau, die aber weiß
Gott nicht zu unterschätzen ist. Sie hat
richtig Feuer in der Futt und ist beim Sex
laut, vulgär, ja fast ekstatisch. Diese Frau
weiß, wie man sich fallen lässt. Dazu ist sie
sehr mannstoll. Sie liebt es, sich von fünf
oder auch zehn Männern gleichzeitig
durchnehmen zu lassen. Selbstverständlich
passt René dann auf, dass sich auch jeder
ein Kondom überzieht. Was im Club aber
nie notwendig ist. Trotzdem gilt immer:
Safety first!

René dagegen ist ein alter Haudegen, der
eine kleine Diät vertragen könnte. Sein
Bauch ist zwar noch nicht zu dick, aber auf
einem guten Weg dorthin.

Marlene schreibt den beiden über Heikes
Profil zurück, da diese gerade online ist.
Heike hat einige neue Fotos hochgeladen.
Freizügig, frivol und genau nach Marlenes
Geschmack.

"Hallihallo Heike, Dein Mann hat mich
angeschrieben und Ihr habt am Sonntag
Lust vorbeizuschneien für wunderbare
Sauereien?", eröffnet Marlene.
"Hallöchen Marly, das stimmt. Wir haben
voll Bock auf Euch. Das ist schon viel zu
lange her, dass wir mit Euch...
Ich will Euch beide unbedingt haben.
René ist auch bi-hungrig und will Marcos
bestes Stück. Und seinen tollen Hintern
natürlich. Du weißt ja, wie gern er anderen
Männern in den Ar... vögelt.", lässt Heikes
Antwort nicht lange auf sich warten.
"Vor allem, wenn wir Frauenzimmer ihm
dabei zusehen!", scherzt Marlene.

"Hui und wie ihn das anmacht! Habt Ihr denn Zeit für uns?", fragt Heike.

"Warte, ich frage Marco eben. Er ist drüben im Spielzimmer.", hat Marlene angebissen und sie fliegt zu ihrem Ehemann. Der spielt nach wie vor an der Konsole und müsste eigentlich schon Quadrataugen haben.

"Maik und Helene haben sich für Freitag gemeldet. Die wollen in einen Club bei sich in der Gegend. Dazu haben René und Heike für Sonntag angefragt. Die wollen vorbeikommen und vögeln. Hast Du Lust?", steht Marlene im Türrahmen.

"René ist doch nur wieder scharf auf meinen Hintern, oder nicht?", lacht Marco verschwörerisch.

Absagen kann Marco nicht. Dafür lässt er sich zu gern von anderen Männern besteigen. Und René ist da genau sein Typ.

Ihn stört der wachsende Bauch nämlich überhaupt nicht. Im Gegenteil, er liebt es, sich René hinzugeben.

"Der Sonntag ist also geritzt?", fragt Marlene sicherheitshalber. Auch, wenn Marco unruhig auf seiner Zockercouch hin und her rutscht und damit die Zustimmung schon gegeben ist. Ein schelmisches Grinsen kann Marlene sich dabei nicht verkneifen, während Marco im Geiste anscheinend schon Renés bestes Stück in sich spürt. "Aber hundertprozentig.", grinst er. "Ich frage dann noch eben nach, ob die hier schlafen wollen.", schließt Marlene das Thema René und Heike. "Okay.", antwortet Marco.

"Und Freitag mit Maik und Helene in den Club?", fragt Marlene weiter. "Maik und Helene?", fragt Marco.

"Lies Deine Nachrichten. Das habe ich Dir per WhatsApp geschrieben!", erwidert Marlene.

"Hm, hier oder bei denen? Das ist schon ein ganzes Stück. Hast Du Lust auf drei Stunden Autofahren?", will Marco wissen.

"Nein, aber wir sind dran. Das letzte Mal waren die bei uns. Und wir haben schon einmal abgesagt!", gibt Marlene zu bedenken.

"Da ist ein wahres Wort gesprochen. Na gut, wir teilen uns die Fahrten. Eine Du, eine ich. Okay?", ist Marco einverstanden mit dem Plan.

"Geritzt!", stimmt Marlene der Fahrtenteilung zu.

"Wir pennen bei denen?", fragt Marco.

"Yes Sir!", bestätigt Marlene.

"Okay fein. Welcher Club überhaupt?", will Marco wissen.

"Weiß nicht, ich frage nach. Aber das Date ist damit auch safe, ja?", vergewissert sich Marlene.

"Auf jeden Fall. Wir können ja nicht schon wieder absagen. ", bestätigt Marco etwas mürrisch wegen beiden bevorstehenden Autofahrten.

"Na das nenne ich Vorfreude pur.", rollt Marlene mit den Augen und verschwindet zurück Richtung Wohnzimmer.

## Wir haben ein Date

Marlene klärt mit Heike noch die Übernachtungsfrage, bevor sie ihre Suche nach einem Date für heute fortsetzt. René und Heike planen, mit dem Wohnmobil vorzufahren. Trotz des angebotenen Gästezimmers wollen Sie jedoch darin übernachten, bevor sie weiterfahren. Wo auch immer Sie hinwollen, denkt Marlene, sie werden es selbst am besten wissen.

Unter den Besuchern ihres Profils stößt
Marlene jedenfalls auf den schon erwähnten
Arzt Charles mit dem Riesending, als sie
sich wieder dem JOYclub widmet. Sie hält
einen Augenblick inne. Charles ist ein toller
Mensch. Ihn haben Marco und sie vor etwa
einem Jahr zufällig in einem Club
kennengelernt. Er ist riesig und 1,98 m groß.
Dabei ist er jedoch keinesfalls schlaksig. Im
Gegenteil, Charles ist durchtrainiert und
muskulös. Seine krausen kurzen Haare, mit
den graumelierten Schläfen, runden seine
Erscheinung ab. Charles ist eloquent und
elegant, witzig und unterhaltsam.

Als Marlene und Marco damals auf einer
der Spielwiesen im P3 in Bochum
miteinander Sex hatten, beobachtete
Charles die beiden. Er war als Solo-Mann
dort. Eigentlich wollten Marlene und Marco
an diesem Abend nur frivol ausgehen und

sich nackt an der Theke unterhalten. Den berühmten Tisch 9, den alle Gäste ansteuern, die die Bereitschaft zum Sex signalisieren wollen, ließen sie absichtlich außen vor. Doch erstens kommt es anders und zweitens als man denkt.


Als Marlene Charles in der Menge der umstehenden Männer wahrnahm, stach er nicht nur optisch heraus. Er hatte eine unwiderstehliche Aura. Na ja, so die Legende in Marlenes Kopf.
Tatsächlich starrte Charles nicht wie alle anderen Männer nur auf sie. Er genoss auch den Anblick von Marcos Körper. Deswegen hat sie ihn heran gewunken. Lustvoll verfielen die drei daraufhin schnell in ein wildes Durcheinander.
Die umstehende Traube Männer löste sich dann blitzartig auf, als Marco und Charles

Zungenküsse austauschten. Darüber lachen die drei heute noch, wenn sie sich treffen. Marco verwöhnte Charles oral und umgekehrt. Zudem teilten sich die Männer Marlene gerecht.

Nach wenigen, gemeinsamen Besuchen in Clubs, gab es dann das erste Treffen im privaten Rahmen. Charles besuchte Marlene und Marco Zuhause. Dabei bestieg er seine Gastgeberin zuerst und Marco sah zu. Anschließend vögelte Charles mit Marco und Marlene sah sich die geile Show gemütlich in einem Sessel sitzend an. Sie hatte noch nie zuvor zwei Männer beim Analverkehr beobachtet.

Die Erinnerung an die vielen gemeinsamen Stunden lässt Marlene einen Entschluss fassen und sie schreibt Charles eine Clubmail. Sie lädt ihn ein, sofort vorbeizukommen, um es krachen zu lassen.

Es dauert auch nicht lange und sie erhält eine positive Reaktion. Doch nicht nur das. Charles' Antwort hält auch eine schöne Überraschung bereit:

"Hi Marly, es freut mich sehr, dass Du schreibst. Ich habe Dein Profil besucht, es aber verpasst, Dich anzuschreiben. Selbstverständlich habe ich Lust, mit Dir und Marco zu vögeln.
Ich habe aber auch tolle Neuigkeiten. Denn ich habe jemanden kennengelernt. Wir sind seit etwa sechs Monaten zusammen. Ihr Name ist Bijoux. Ein JOYclub-Profil hat sie leider nicht. Sie ist aber ebenfalls bisexuell und würde gerne mitkommen und Euch kennenlernen. Näher kennenlernen selbstredend. Ist das okay für Euch?"

"Hm, ob das okay für uns ist? Das ist absolut fantastisch, Charles! Bring sie gerne mit und wir werden zu viert Spaß haben. Zumindest, wenn wir Marco aus seinem Spielzimmer herausbekommen. Der zockt da schon seit gestern wie ein Verrückter :)" (Antwort von Marlene)

"Das wird schon. Er steht doch auf heiße Schokolade, hehe." (Charles)

Es folgt noch die Verabschiedung und der Chat ist beendet. Als sie das Laptop schließt, hält sie eine Sekunde inne, bevor sie jubelt und wie vom Blitz getroffen Richtung Spielzimmer stürzt.

"Schatz, Schatz, mach sofort die Konsole aus und geh duschen.", ruft Marlene aus, obwohl die Tür vom Spielzimmer geschlossen und sie noch im Flur ist.

"Hast Du gehört? Schatzi, schnell!", reißt
Marlene die Tür zum Spielzimmer auf und
überschlägt sich fast beim Sprechen.

Marco sitzt auf der Couch und dreht sich
um. Er hat noch keine Ahnung, was los ist.

"Was ist denn mit Dir, was bist Du denn so
aus dem Häuschen?", fragt Marco gelassen.
"Charles hat sich gemeldet und er kommt
gleich vorbei.", berichtet Marlene atemlos.
"Na und? Vögeln könnt Ihr auch ohne
mich.", ist Marco verwundert.
"Das Beste kommt ja erst noch.", schnappt
Marlene nach Luft.
Marco zieht nur fragend die Augenbrauen
hoch.
"Du wolltest doch schon immer mal mit
einer Schwarzafrikanerin Sex haben?",
grinst Marlene.

"Jaaaa, das ist korrekt. Und?", entgegnet
Marco.

"Charles hat eine neue Flamme. Bijoux heißt
sie. Schwarz, heiß und bisexuell.", jubelt
Marlene.

"Und auf dem Weg zu uns?", verschluckt
sich Marco fast bei seiner Frage.

"Ganz recht! Die beiden sitzen gerade im
Auto. ", lacht Marlene. Sie genießt den
Augenblick, wie der Groschen bei Marco
fällt.

"Ich...ähm...jaaaahhhh...ich muss dann
wohl, wir müssen dann wohl ganz
dringend duschen, oder nicht?", stolpert
Marco eine Antwort zusammen.

"Ganz recht, mein Göttergatte. Mach die
Konsole aus und komm mit! Wir gehen
gemeinsam duschen.", drängt Marlene ihn.

Im Aufstehen fallen Marco 1.000 und eine Frage ein. Diese stellt er lachend auf dem Weg ins Badezimmer.

"Wie sieht sie aus?", fragt er hechelnd.

"Weiß ich nicht.", antwortet seine Frau.

"Hast Du mit ihr gesprochen? Ist sie hübsch?", fragt er.

"Nein und nein. Aber ich bin mega aufgeregt. Sie kommt mit Charles. Sie muss toll aussehen. Denk nur mal an die geilen Schnecken, die er sonst mitgebracht hat. Seit wir ihn kennen, hat er nur Granaten am Start!", reibt Marlene sich die Hände, während das Paar sich im Bad angekommen, entkleidet.

Marco stellt das Wasser in der ebenerdigen und üppigen Duschkabine an, während Marlene die Rasierutensilien für beide aus dem Spiegelschrank holt.

"Schnell, lass uns keine Zeit verlieren!,", sagt sie und reicht Marco seine Utensilien an.

Für Romantik ist gerade kein Platz. Beide wollen sich die Blöße Charles und Bijoux stoppelig zwischen den Beinen zu begegnen nicht geben. Auch, wenn die letzte Rasur nicht mal vierundzwanzig Stunden her ist.

## Charles und Bijoux

In Windeseile sind Marlene und Marco rasiert, frisiert und parfümiert. Die Gäste können also kommen.
Marlene schlüpft zudem in ein schickes Negligé. Das kleine Schwarze, wie es so schön heißt.
Ungeduldig sitzt das Ehepaar auf der Couch und kuschelt miteinander.

"Ich bin so gespannt auf Bijoux, ich könnte platzen vor Neugier.", lehnt Marlene sich an Marcos Schulter. Die Beine übereinandergeschlagen, spielt sie mit seinem Bauchnabel.

"Ich auch. Und endlich eine Afrikanerin. Ich fasse es immer noch nicht!", ist Marco ganz aus dem Häuschen.

"Das ist echt toll, oder? Ich gönne Dir das von ganzem Herzen, mein Schatz.", haucht Marlene und gibt ihrem Mann einen Kuss auf die Wange.

"Und ich Dir. Du hattest ja auch noch keine Afrikanerin!", gibt Marco zu bedenken.

"Das stimmt. Aber ich bin nicht so erpicht darauf wie Du. Schwarz, weiß, asiatisch, orientalisch. Mir ist es egal wie jemand aussieht. Nett ist mir wichtig!", antwortet Marlene.

"Bin ich da etwa anders?", ist Marco stutzig.

"Hab ich nicht behauptet. Nur liegst Du mir mit dem Thema ja schon länger in den Ohren.", antwortet Marlene.

"Lass uns das bitte nicht jetzt besprechen. Jetzt wollen wir Spaß haben. Deal?", fragt Marco.

"Deal!", küsst Marlene ihn erneut auf die Wange.


Ring Ring, ertönt die Türschelle. Durch das Milchglas sind zwei wunderschöne Silhouetten zu erkennen. Als Marlene die Tür öffnet, folgt eine überschwängliche Begrüßung. Küsschen hier, Küsschen da, mit der obligatorischen Umarmung. Von außen betrachtet, wirkt die Szene eher so als würden sich zwei Paare zum gemeinsamen Spieleabend treffen. Wenn man von Marcos sexy Boxershorts und Marlenes Negligé mal absieht.

Bijoux ihrerseits ist sichtlich nervös, weil sie das Ehepaar noch nicht kennt. Marlene und Marco dagegen sind hellauf begeistert und strahlen über das ganze Gesicht. Bijoux übertrifft alle Erwartungen, die das Ehepaar gar nicht hatte. Sie ist groß gewachsen. Marlene schätzt sie auf 1,80 m. Dazu hat sie einen kräftigen Körper, dicke Brüste und ein zauberhaftes rundes Gesicht. Mit den festen Schenkeln könnte sie eine Wassermelone spielend platzen lassen. Ihr Hintern ist prall, rund und gewaltig. Sie hat nichts von den Gazellen, die Charles sonst mitbringt. Bijoux ist kein Topmodel. Sie ist 100 kg Rubensfrau. Aber jedes Fettpölsterchen ist genau dort, wo es hingehört.

Marlene fühlt sich direkt an Agnes erinnert. Nur ist diese Agnes dunkelhäutig und heißt Bijoux.

Um ihr die Nervosität zu nehmen, bietet Marlene Bijoux ein Glas Sekt an. Doch die winkt dankend ab. Stattdessen ergreift sie Marlenes Hand und führt sie zu ihrem Gesicht. Dabei tritt sie einen Schritt näher an ihre Gastgeberin heran. Sanft sie küsst ihr die Handinnenfläche.

Marlene schaut Bijoux zu, wie sie immer näher rückt, bis sie gegenseitig den Atem der anderen auf der Haut spüren. Marlenes Hand ruht auf Bijoux's Brust. Sie spürt den erhöhten Herzschlag der Afrikanerin.

Die Männer treten lächelnd und gespannt zur Seite. Sie setzen sich auf die Couch und genießen den Anblick, während die Frauen miteinander intim werden.

Bijoux streift Marlene das Oberteil ihres Negligés ab. Barbusig steht Marlene da und genießt Bijoux's Fingerspitzen auf ihrer Haut. Sanft streichelt Bijoux ihre Gastgeberin minutenlang. Dabei massiert sie ihr die Brüste, entdeckt ihren Hals und küsst sie sanft.

Marlene ihrerseits greift Bijoux von außen an ihr glänzendes graues Businesshemd. Sie fühlt und massiert die mächtigen Brüste der Afrikanerin und Bijoux quittiert dies zunehmend mit einem wohligen Stöhnen. Knopf für Knopf öffnet Marlene ihrer Gespielin das Hemd, bevor es sanft zu Boden gleitet. Ein schwarzer Spitzen-BH kommt zum Vorschein und weckt augenblicklich auch das Interesse der Männer. Denn Marco räuspert sich hörbar und atmet tief. Charles greift daher nach ihm und die Männer verfallen in einen leidenschaftlichen Zungenkuss. Die Frauen schauen dabei interessiert zu ihnen rüber.

Bijoux kann sogar gar nicht mehr wegsehen. Ihr gefällt es offensichtlich, ihren Charles im Liebesspiel mit einem anderen Mann zu sehen. Als die Männer sich voneinander lösen wollen, ergreift Bijoux das Wort.

"Hört nicht auf, macht bitte weiter!", haucht sie.

"Du swingst zum ersten Mal, nicht wahr?", tritt Marlene hinter Bijoux und öffnet ihr den BH.

"Entschuldige, davon habe ich immer geträumt. Aber ich dachte, dass das nur in Geschichten, Filmen oder der Fantasie möglich ist.", stöhnt Bijoux und führt Marlenes Hände zu ihren Brustwarzen.

"Entschuldige Dich nicht, genieße es einfach. Wir haben alle Zeit der Welt.", zeigt Marlene Verständnis.

Kraftvoll massiert Bijoux sich selbst die
Brüste, während sie das Treiben der
Männer beobachtet. Marlenes Hände dabei
wie mit Schraubstöcken festhaltend.
Marlene ihrerseits lässt es geschehen und
gönnt Bijoux ihren Moment. Auch, wenn sie
selbst gerade nur Bijoux's Rücken sehen
kann und keinen freien Blick auf die
Männer bekommt. Jetzt gilt es, Bijoux sanft
ans Swingen heranzuführen.

Die Männer sind natürlich begeistert von
Bijoux's Faszination und Marco beginnt
Charles von seiner Kleidung zu befreien.

Als beide nackt sind, ist Bijoux völlig aus
dem Häuschen. Sie löst ihren Griff etwas
und Marlene erlangt die Kontrolle über ihre
rechte Hand zurück. Das nutzt sie und
öffnet die oberen beiden Knöpfe an Bijoux's
Jeans.

Bijoux sieht an sich hinunter und erblickt Marlenes Hand, die forschend in ihren Intimbereich vordringt, um sie zu verwöhnen.

Marlene spürt den Stoff des Höschens am Handrücken. An den Fingerspitzen dagegen spürt sie nackte, warme Haut. Frisch rasiert und feucht, fast nass vor Geilheit. Mühelos ertastet Marlene die Klitoris ihrer Gespielin und beginnt diese zu massieren.

Bijoux legt kurz den Kopf in den Nacken und genießt Marlenes Zärtlichkeit, bevor ihr Blick wieder auf die Männer gerichtet ist.

"Baby, blas ihm einen.", bittet Bijoux stöhnend.

"Was?", fragt Charles, der gerade Marcos Brustwarzen liebkost.

"Ich will sehen, wie Du es ihm besorgst!",
steuert Bijoux ihrem Höhepunkt entgegen.


Die Männer erheben sich von der Couch,
damit sie im Stehen weitermachen können
und Bijoux eine bessere Sicht auf die Szene
erhält.
Charles geht vor seinem Gastgeber in die
Knie.
Als Marcos Eichel in Charles' Mund
verschwindet, stöhnt Marco auf. Charles
muss völlig ausgehungert gewesen sein.
Denn er saugt und schmatzt wie ein wildes
Tier an Marcos Penis.


"Gefällt Dir, was Du siehst?", fragt Marlene,
obwohl sie selbst die Männer immer noch
nicht sehen kann.
"Oh ja, oh ja.", stöhnt Bijoux, während die
Blitze in ihrem Inneren mehr werden.

"Ja, genieße den Anblick der Männer. Das ist genial...", schafft es Marlene noch von sich zu geben, bevor Bijoux zu zucken beginnt.

Sofort beendet Marlene die Penetration und zieht sich aus Bijoux's Intimbereich zurück. Während ihr Orgasmus noch abebbt, dreht Bijoux sich um und greift nach Marlenes Kopf. Sanft küssen die Frauen sich. Ihre Zungen tanzen miteinander im Einklang, während die Welt gerade stillzustehen scheint.

Es dauert nicht lang, da stöhnt auch Marco schon auf. Charles hat ihn in Windeseile zum Orgasmus geblasen und seine Hoden komplett leer gesaugt. Charles hat gierig Marcos ganze Ladung geschluckt.

"Mein Gott, wie lange hattest Du denn keinen Sex mehr mit einem Mann?", fragt

Marco lachend, als er wieder alle Sinne beisammen hat.

"Ist ne Weile her. Mit Dir, um ehrlich zu sein.", lacht auch Charles.

"Und Du hast einfach alles heruntergeschluckt und uns nichts übrig gelassen?", ist auch Marlene, die mittlerweile wieder freie Sicht auf die Männer hat, von Charles Gier überrascht und lacht ebenfalls.

Charles errötet. Es ist ihm gerade wirklich peinlich.

"Ähm, äh, jaaa…", stammelt er daher.

"Was macht ihr denn sonst damit?", fragt Bijoux, während sie sich ihrer Jeans und der Unterwäsche auf einem Sessel entledigt.

"Na ja, normalerweise reibt er sich gern damit ein und ich lecke es ihm ab. Oder wir küssen uns damit etc. Die Möglichkeiten mit Charles sind vielfältig. Was hast Du Dir nur dabei gedacht, mein Lieber?", rüffelt Marlene ihn gespielt und mit erhobenem Finger. Anschließend legt auch sie untenrum ab, sodass nun alle Beteiligten nackt sind.

Charles gelobt vergnügt Besserung, während erst mal alle zum Durchschnaufen in die Küche gehen.

Am Esstisch sitzend, gibt es Kaffee und die beiden Paare unterhalten sich etwa eine Stunde lang angeregt, bevor die zweite Runde eingeleitet wird.

### Die zweite Runde
Marco stellt sich dazu hinter Bijoux und massiert ihr ungeniert den Nacken. Ganz so, als wäre es das Normalste der Welt, die Frau eines anderen Mannes zu massieren. In dessen Beisein, während alle nackt sind.

Die Massage gefällt Bijoux, doch sie achtet auf Charles' Reaktion. Sie sucht vergeblich nach Eifersucht in seinem Blick. Im Gegenteil, was sie in seinem Gesicht zu sehen bekommt, ist die pure Geilheit.

"Ich will Euch beide haben. Nein, Euch alle drei!", haucht Bijoux mit schwindender Stimme.
"Das wirst Du, meine Liebe.", lächelt Marlene.

Bijoux fühlt sich großartig aufgenommen in dieser Runde. Sie beugt sich über den Tisch und gibt Charles einen Kuss auf die Stirn. Sie deutet allen aufzustehen und sie ins Schlafzimmer zu führen. Selbstverständlich sind alle anderen begeistert von der Idee. Bijoux greift nach Marcos Arm, um sich einzuhaken und Charles stellt sich auf ihre andere Seite. Einen Mann rechts, einen

Mann links, geht es für das Trio in Richtung Schlafzimmer. Marlene bleibt noch für einen Augenblick zurück und räumt die Tassen in die Spülmaschine. Dann fliegt auch sie den Dreien hinterher.

"Ich kann es nicht fassen! Zwei Männer und ich dazwischen!", grinst Bijoux auf dem Weg und quiekt vergnügt.

"Das wird Dir gefallen, Baby!", klatscht Charles ihr auf den Hintern und küsst sie auf die Wange.

"Das denke ich auch, Baby. Ich hatte noch nie mit zwei Männern Sex. Un ménage à trois.

Und ich will Euch sehen. Ich will sehen, wie Ihr beiden es Euch gegenseitig in den Hintern besorgt. Tut Ihr das für mich?", fragt Bijoux ohne eine Antwort zu erhalten. Stattdessen sind sie am Zielort angekommen und Bijoux setzt sich ans Bettende.

Rechts und links nimmt sie nun die Pimmel der Männer in die Hand und bearbeitet sie vergnügt. Ausgelassen verwöhnt sie die Männer, die mittlerweile zu voller Größe erwacht sind.

"Zwei Speere für Bijoux, herrlich!", lacht sie und klettert nach einer Weile auf das Bett. Rücklings liegt sie dort und wartet auf die Männer, die sich natürlich nicht zweimal bitten lassen. Sie klettern Bijoux hinterher und verwöhnen sie von zwei Seiten. Vier Hände gleiten auf ihrem Körper auf und ab. Drei Zungen verschmelzen miteinander und schließlich besteigt Marco Bijoux in der Missionarsstellung.

Endlich eine Afrikanerin, endlich ist es so weit, denkt Marco und es fühlt sich fantastisch an.

Nach wenigen Minuten ist Charles an der Reihe und besteigt sie ebenfalls in der Missionarsstellung, bevor sie in die Reiterstellung wechseln. Dabei steckt Marco ihr sein Glied stehend in den Mund und Marlene umarmt Bijoux von hinten. Dabei spielt sie mit den Brustwarzen der Afrikanerin.

Derart dreifach penetriert, läuft Bijoux der Speichel an den Mundwinkeln heraus und er tropft ihr auf die Brust. Bijoux ist im siebten Himmel und entschwebt in andere Sphären. Nur kurze Zeit später übermannt sie der heftigste Orgasmus ihres bisherigen Lebens und sie brüllt die Lust hemmungslos heraus.

Doch eine Atempause bekommt Bijoux nicht. Kaum erhebt sie sich von Charles' Penis, geht es für sie in die Hündchenstellung. Willig kniet sie dazu auf dem Bett und streckt Marco ihr mächtiges Hinterteil entgegen.

"Nimm mich!", presst sie atemlos hervor und Marco gleitet ohne Widerstand in Bijoux hinein. Während es zustößt, beobachtet er fasziniert seinen Penis, wie er von ihren Schamlippen umschlungen wird. Mit jedem Stoß tritt mehr Scheidenflüssigkeit aus und saut sein Glied ein. Weiß, schneeweiß ist ihr Lustsaft, was Marco vor Geilheit in den Wahnsinn treibt.

Marlene ist derweil zu Charles geklettert, der vor Bijoux's Gesicht kniet. Selbstverständlich steckt dabei sein mächtiges Teil in Bijoux's Mundhöhle.

Marlene küsst ihn leidenschaftlich, während seine Hände ihren Po fest im Griff haben. Breitbeinig steht sie da. Bijoux lutscht an Charles Glied zwischen Marlenes Schenkeln hindurch, während Charles seine Finger in Marlenes Anus bohrt. Ihr ist völlig klar, was ihr heute noch blüht und kann es kaum erwarten.

Plötzlich stöhnt Bijoux heftig auf und beißt Charles versehentlich in den Penis. Dieser reagiert auf den Schmerz überrascht, sieht aber auch den Grund für Bijoux's Fauxpas.

Marco hat sich aus der Scheide der Afrikanerin zurückgezogen und befasst sich mit ihrem Hintern.

"Gleiches Recht für alle!", stöhnt er, was jedoch unkommentiert bleibt.

96

Tief dringt seine Zunge in ihren Anus ein. Mal wild, mal mit Genuss, leckt Marco an Bijoux's pechschwarzer Rosette. Sie schmeckt ihm augenscheinlich und er will mehr. Erst einen Zeigefinger dazu, dann folgt der Mittelfinger. Nach und nach dehnt Marco sie und dringt irgendwann mit seinem Stamm in Bijoux ein.

Sanft penetriert er dieses gewaltige Hinterteil. Zunächst dringt er einige Minuten nur mit der Penisspitze in sie ein, bevor er sein Glied hemmungslos in ihren Darm rammt. Bijoux kommt Marco dabei rhythmisch entgegen, sodass sie die Tiefe seines Eindringens bestimmen kann. Fleisch klatscht auf Fleisch und Marcos Atem wird zunehmend schwerer. Bijoux's wuchtiger Körper treibt ihn in den Wahnsinn und er kann nicht mehr an sich halten. Ein, zwei, drei letzte Stöße und seine Hoden produzieren eine gewaltige Menge Sperma.

Schnell zieht er sich aus Bijoux's Darm zurück und spritzt einfach auf ihren Rücken.

Marlene löst sich deswegen von Charles' Lippen und stellt sich so hin, dass sie Bijoux das Sperma auf dem Rücken schön verteilen kann. Sie massiert die Afrikanerin mit Marcos Sperma, als wäre es Mandelöl. Ein schöner Nebeneffekt ihrer Haltung ist, dass Marco das Hinterteil seiner Frau direkt vor der Nase hat. Daher lässt er sich nicht zweimal bitten und leckt seiner Frau die Spalte. Marlene stöhnt lustvoll und verharrt in ihrer Position.

Bijoux ihrerseits hat immer noch den Mund voll und bläst Charles laut schmatzend um den Verstand.


Marco ist vollkommen hin und weg. Seine Frau schmeckt fantastisch und sie hat ihren Orgasmus verdient. Nachdem er selbst jetzt schon das zweite Mal gekommen ist, erst recht.

Gekonnt bearbeitet er ihren Intimbereich mit den Fingerspitzen und seiner Zunge. Seine Nase stupst dabei regelmäßig an ihre Rosette, weshalb er jetzt auch dieser seine Aufmerksamkeit schenkt. Charles hat sie schon ordentlich vorgedehnt, wie er wohlwollend feststellt.

Marco hat Marlene schon fast so weit, da ertönt Charles' Stimme.

"Ich will Deine Frau vögeln.", sagt er knapp und zieht sich aus dem Mund seiner Partnerin zurück.

"Yeah Baby, besorge es ihr richtig!", gibt Bijoux begeistert von sich.

Marco zieht sich daher lachend von Marlene zurück und legt sich zu Bijoux. Die beiden sitzen einfach nur da und verschnaufen etwas, während Charles sich Marlene zurechtlegt wie eine Puppe. Mal bekommt sie sein riesiges Gemächt fordernd in den Mund gesteckt und mal pfählt er sie vaginal mit seinem mächtigen Speer.

Es dauert einige Zeit, bis sein Ding ihr keine Schmerzen mehr bereitet. Egal, ob im Rachen oder in ihrer Scheide.

Marlene wird von Charles flach auf dem Bauch liegend platziert. Anschließend spreizt er ihre Pobacken und spuckt ihren Anus an. Im nächsten Moment liegt er schon auf ihr und presst ihr schmerzhaft seinen Penis in den Darm.

Minutenlang bewegen sich die beiden nicht. An Marlenes Gesichtsausdruck ist jedoch abzulesen, dass Charles immer tiefer in sie eindringt. Langsam zwar, aber unaufhaltsam. Sie atmet schwer und Tränen laufen ihr übers Gesicht.


Bijoux schaut zu Marco, doch der lächelt nur und streichelt sie sanft zum Zeichen, dass alles in Ordnung ist. Marlene liebt es, derart objektiviert und benutzt zu werden. Und Charles ist darin ein Meister, weil er es eben liebt, eine Frau auf diese Art zu beherrschen.

Und das ist auch gut so, denn Marco ist selbst nicht der Typ dafür. So bekommt Marlene diesen Teil ihrer Sexualität eben von einem anderen Mann erfüllt.

Genauso ist Bijoux nicht der Typ Frau, der sich von einem Mann derart benutzen lassen möchte. Zudem geht das mit ihren ca. 100 kg nicht so leicht wie mit dem Fliegengewicht Marlene.

Charles steckt jetzt mit seinen kompletten, fast dreißig Zentimetern in Marlenes Hintern und rammt jeden Stoß zelebrierend in die unter ihm liegende, lebendige Sexpuppe Marlene hinein.

"Verschaffe Dir Befriedigung, benutze mich, begatte mi...jaaaahhhh", stöhnt Marlene und ihre ganze Schminke ist verwischt. Noch immer schmerzt dieser Marterpfahl in ihrem Inneren sie und sie wünscht sich, dass diese Qual bald vorbei sein möge. Das ist die eine Seite. Die andere Seite der Medaille sieht vor, dass dieser unsagbare Zustand nie enden möge, weil sie nur dazu gemacht ist. Ihre Aufgabe im Leben ist es, diesem riesigen Mann Lust zu bereiten, ohne selbst Beachtung zu finden. Oder es überhaupt wert zu sein, beachtet zu werden.

*Du bist mein Meister, mein Gebieter. Pfähle*
*mich, bestrafe mich mit Deinem mächtigen*
*Gerät. Benutze mich, benutze mich, jaaaaahhhh!*

Mit dieser aufkommenden Fantasie im Kopf
ist Marlene nicht mehr zurechnungsfähig
und ihr Verstand entgleitet in andere
Dimensionen. Sie ist nur noch eine leere
Hülle, was Charles bemerkt und vor
Geilheit fast platzen lässt. Nach wenigen
Minuten, die sich für beide wie Stunden
angefühlt haben, kommt er tief in Marlenes
Darm.
Sein Blick ist starr, sein Körper in voller
Anspannung. Der Schweiß tritt aus allen
Poren und Charles glänzt wie ein Zulu-
Krieger in der Mittagssonne Südafrikas.
Als er sich aus Marlene zurückzieht, bleibt
diese reglos auf dem Bauch liegen. Ihre
Rosette ist ein richtiger Krater und es wird

eine Weile dauern, bis sie sich wieder beruhigen und zusammenziehen wird.

Bijoux ist sprachlos, weil sie diese Seite von Charles noch nicht kannte. Marlene sagt weiterhin nichts. Still liegt sie da und genießt ihr Elend, ihre Befriedigung. Ihr Rücken glänzt. Ihr eigener Schweiß vermischt mit dem von Charles. Stille.

## Unerfüllte Wünsche

Zu viert kuscheln die beiden Paare miteinander. Marco und Charles liegen außen, während Bijoux und Marlene in die Mitte genommen werden. Streicheleinheiten und Zungenküsse werden ausgetauscht. Alle vier schweben auf Wolken und sind restlos befriedigt, als Bijoux das Wort ergreift.

"Wir müssen uns schnell wieder treffen. Der Sex mit Euch ist einfach nur irre geil.", freut sich Bijoux.

"Das stimmt und wir haben auch noch einiges vor.", stimmt Marco zu.

"Ganz recht, Baby. Ein Sandwich zum Beispiel. Oder das, was Du vorhin gesagt hast.", wirft Marlene ein.

"Was meinst Du?", fragt Bijoux.

"Du hast noch nicht gesehen, wie Marco Charles oral befriedigt. Und die Jungs müssen sich noch vor Deinen Augen gegenseitig in den Hintern vögeln. Nicht wahr, meine kleinen süßen Homo-Boys?", fragt Marlene belustigt und küsst Bijoux auf die Lippen, während die Männer zustimmend nicken und brummen.

"Ihr seid die Geilsten. Charles kennenzulernen und mich auf dieses Abenteuer mit Euch einzulassen ist echt das Beste, was mir je passiert ist. Ich glaube, mit Euch kann ich einfach alles erleben, was ich mir je gewünscht habe.", quiekt Bijoux vergnügt.

"Das wirst Du!", sagt Charles sanft.

"Warte nur ab, wenn wir die Jungs so richtig rannehmen. Das wird Dir bestimmt auch gefallen, Ehrenwort!", kreuzt Marlene zwei Finger.

"Was meinst Du damit, dass wir die Jungs richtig rannehmen?", fragt Bijoux mit hochgezogenen Augenbrauen.

"Du weißt, was ein Strap-on ist?", fragt Marlene und die Männer lachen.

"Jaaaa…", antwortet Bijoux etwas unsicher, aber mit großem Interesse.

"Stell Dir mal vor, was wir damit alles anstellen können…", lacht Marlene verschwörerisch.

"Ihr seid echt toll und habt völlig recht mit Eurer Einstellung!", erwidert Bijoux verträumt.

"Was meinst Du?", fragt Marco.

"Monogamie ist nichts für uns!", erwidert
Bijoux.


ENDE

Du willst tiefer in die Welt meiner Figuren eintauchen und mehr von ihnen erfahren? Dann wirf einen Blick in meine Literatursammlung:

https://www.sexypedia.kim/literatur/